CACHORROS

não dançam Balé

Para Amber, James, Laurem e Isaac, com amor – AK

Para Michael (que sempre acreditou em Filé) – SO

Anna Kemp passou a maior parte da infância brincando na rua, andando de bicicleta e trocando figurinhas. E adorava jogar *video games*. Quando cresceu, se interessou pelos livros, e daí não parou mais de ler. Hoje Anna trabalha na Universidade de Oxford e decidiu começar a escrever para crianças e jovens. *Cachorros não dançam balé* foi indicado pela American Library Association e pelas crianças do Children's Book Council como um dos melhores livros do ano. Depois ela repetiu o sucesso de público e crítica com *Rinocerontes não comem panquecas*, também lançado pela Paz e Terra.

Sara Ogilvie nasceu em Edimburgo, na Escócia. Ela gosta de desenhar tudo o que vê pela frente. Suas ilustrações e litogravuras já viajaram o mundo todo, fizeram parte de campanhas publicitárias e agora estão em livros infantis. Com Anna Kemp, Sara fez também *Rinocerontes não comem panquecas*. Para saber mais sobre Sara, visite http://www.saraogilvie.com.

Marília Garcia nasceu no Rio de Janeiro. Depois de muitos estudos, terminou seu doutorado em Letras e publicou dois livros de poesia: *Encontro às cegas* e *20 poemas para o seu walkman*, pelo qual concorreu ao prêmio Portugal Telecom de 2008. Ela agora também usa sua intimidade com os versos para traduzir livros infantis, como este e *O mundo inteiro*, *Meu coração é um zoológico* e *Um bebê vem aí*, lançados pela Paz e Terra.

Título original: Dogs Don't Do Ballet

Texto © 2010 by Anna Kemp
Ilustrações © 2010 by Sara Ogilvie

Primeira edição do original publicada em 2011, na Grã-Bretanha, pela Simon & Schuster UK Ltd, uma empresa da CBS, 1st Floor, 222 Gray's Inn Road, London, WC1X 8HB.

Diagramação: Filigrana Design

Texto revisto pelo novo Acordo Ortográfico da Língua Portuguesa.

Editora Paz e Terra Ltda.
Rua Argentina, 171, 3º andar – São Cristóvão
Rio de Janeiro, RJ – 20921-380
http://www.record.com.br

Dados Internacionais de Catalogação na Publicação (CIP)
(Câmara Brasileira do Livro, SP, Brasil)

Kemp, Anna
   Cachorros não dançam balé / Anna Kemp ; com ilustrações de Sara Ogilvie ; tradução de Marília Garcia. - Rio de Janeiro : Paz e Terra, 2022, 8ª ed.

Título original: Dogs Don't Do Ballet
ISBN 978-85-7753-182-0

1. Literatura infantojuvenil. I. Ogilvie, Sara. II. Título.

11-06893.   CDD-028.5

CACHORROS não dançam Balé

Escrito por Anna Kemp

Ilustrado por Sara Ogilvie

Traduzido por Marília Garcia

Paz e Terra

8ª edição

Rio de Janeiro

2022

Meu cachorro não é como os outros.

Ele não faz coisas de cachorro, tipo xixi no poste
ou ficar se coçando ou beber água da privada.

Se eu jogo um graveto,

ele me olha como se eu fosse maluca.

Aí eu mesma tenho que ir buscá-lo.

Não, meu cachorro gosta é do luar, de música e de andar na ponta dos pés.

Pois é, meu cachorro acha que não é um cachorro...

Meu cachorro acha que é uma bailarina!

Quando estou me arrumando para a aula
de balé, ele olha ansioso para meu tutu e
minhas sapatilhas e nessa hora sonha
em ver seu nome nos letreiros.

— Pai, o Filé pode vir também? — pergunto. — Ele adora balé.
— Nem pensar — diz papai. — Cachorros não dançam balé!

Um dia, a caminho da aula, me dá uma sensação esquisita.
Uma sensação esquisita de que estou sendo observada.
Uma sensação esquisita de que estou sendo seguida.

Enquanto a professora Lulu nos ensina novos exercícios, tenho a impressão de que alguma coisa está espiando pela janela. Alguma coisa com um focinho molhado. Alguma coisa abanando o rabinho.

— Muito bem, meninas — diz a professora. — Quem pode nos mostrar a primeira posição?

Mas antes que alguma menina se apresente, ouvimos um latido bem alto no fundo da sala e uma coisa peluda vem correndo para a frente.

— O que é isso? — pergunta a professora, examinando por cima dos óculos.

— É o meu cachorro — respondo.

— Ora, leve-o embora agora mesmo — diz a professora,
torcendo o nariz. — Cachorros não dançam balé!
Meu pobre cachorrinho para imediatamente de
abanar o rabinho e suas orelhas caem até o chão.

Levo Filé para casa e lhe dou algo bem gostoso para comer. Mas ele nem liga.

Ele passa vários dias em sua casinha
e à noite uiva para a lua.

No meu aniversário, ganho de presente entradas para ver o balé do Teatro Municipal.

— O Filé pode vir também? — pergunto ao papai. — Ele adora balé. Meu cachorro levanta as orelhas e abana o rabinho.

— Não — diz papai. — Eu já disse uma vez,
eu já disse mil vezes: cachorros não dançam balé!

Enquanto o ônibus não vem, penso no meu
pobre cachorrinho, sozinho lá em casa, uivando
para a lua. Aí me dá uma sensação esquisita.

Uma sensação esquisita de que estou sendo observada.

Uma sensação esquisita de que não estou sozinha.

O espetáculo é mágico! A orquestra toca
enquanto a primeira bailarina dança e
balança, roda e gira, salta e...

Oh, não! Ela tropeça! Desastre! Calamidade!
"Está tudo acabado!", eu penso.

Mas tem alguém que não acha que está tudo acabado. Não, tem alguém que acha que tudo está apenas começando. Alguém com olhos pretos e grandes, alguém com orelhas pontudas, alguém…

. . . vestindo meu tutu!

A plateia engasga.
— É um cachorro! — exclama alguém.
— Cachorros não dançam balé!

Meu cachorro fica todo vermelho e olha para baixo.

— É o que eu sempre digo — resmunga papai.

Mas aí a orquestra começa a tocar . . .

. . . e meu cachorro dança como
nenhum outro jamais dançou.
Plié! Jeté! Arabesque! Pirouette!

Ele é leve como algodão-doce!
Lindo como uma fada!
A plateia não acredita no que vê.
— Viva! — grito. — Esse é o meu cachorro!

Quando a música para, ele faz uma reverência cheio de esperança e pisca os olhos nervoso sob a luz do holofote.
O teatro está tão silencioso que daria para ouvir um alfinete caindo no chão.

Então uma senhora na primeira fila se levanta.

— É um cachorro! — grita.

As orelhas de Filé começam a cair outra vez.

— Um cachorro que dança balé! — continua. — Bravo!
De repente toda a plateia começa a aplaudir e a jogar rosas
no palco. Meu cachorro fica radiante de tanta felicidade.
— Eu não acredito — diz papai, balançando a cabeça. — Afinal,
Filé É uma bailarina!
— Viu só — digo, orgulhosa, brincando com a
orelha de Filé —, cachorros DANÇAM balé, sim.
Parabéns, Filé!